布嵐的
神奇眼鏡店

作者 🕊 鍾育婷

布ㄅㄨˋ嵐ㄌㄢˊ的ㄉㄜ˙眼ㄧㄢˇ鏡ㄐㄧㄥˋ店ㄉㄧㄢˋ
是ㄕˋ鎮ㄓㄣˋ上ㄕㄤˋ唯ㄨㄟˊ一ㄧ的ㄉㄜ˙眼ㄧㄢˇ鏡ㄐㄧㄥˋ店ㄉㄧㄢˋ，
各ㄍㄜˋ式ㄕˋ各ㄍㄜˋ樣ㄧㄤˋ的ㄉㄜ˙眼ㄧㄢˇ鏡ㄐㄧㄥˋ都ㄉㄡ在ㄗㄞˋ這ㄓㄜˋ裡ㄌㄧˇ，
每ㄇㄟˇ副ㄈㄨˋ眼ㄧㄢˇ鏡ㄐㄧㄥˋ都ㄉㄡ有ㄧㄡˇ獨ㄉㄨˊ特ㄊㄜˋ的ㄉㄜ˙地ㄉㄧˋ方ㄈㄤ，
一ㄧ定ㄉㄧㄥˋ要ㄧㄠˋ親ㄑㄧㄣ自ㄗˋ試ㄕˋ戴ㄉㄞˋ看ㄎㄢˋ看ㄎㄢˋ。

猜猜看他們戴的是什麼眼鏡？

眼鏡店已經打烊了，
卻來了一個
非常特別的客人。

來ㄌㄞˊ的ㄉㄜ˙人ㄖㄣˊ是ㄕˋ
炸ㄓㄚˋ彈ㄉㄢˋ國ㄍㄨㄛˊ裡ㄌㄧˇ脾ㄆㄧˊ氣ㄑㄧˋ最ㄗㄨㄟˋ差ㄔㄚˋ的ㄉㄜ˙
國ㄍㄨㄛˊ王ㄨㄤˊ愛ㄞˋ爾ㄦˇ！

不論別人怎麼邀請他一起，
一起打雪球、一起摘蘋果或是
一起過生日，他都只會說「不要」！
愛爾其實很想跟大家一起玩，
可是他不會表達，這讓他很困擾，
他希望布嵐可以幫他想想辦法！

布ㄅㄨ嵐ㄌㄢ三ㄙㄢ人ㄖㄣ使ㄕ出ㄔㄨ看ㄎㄢ家ㄐㄧㄚ本ㄅㄣ領ㄌㄧㄥ，
要ㄧㄠ替ㄊㄧ愛ㄞ爾ㄦ打ㄉㄚ造ㄗㄠ一ㄧ副ㄈㄨ快ㄎㄨㄞ樂ㄌㄜ眼ㄧㄢ鏡ㄐㄧㄥ，
他ㄊㄚ們ㄇㄣ敲ㄑㄧㄠ敲ㄑㄧㄠ打ㄉㄚ打ㄉㄚ，　最ㄗㄨㄟ後ㄏㄡ……

愛爾的「快樂眼鏡」誕生了！
愛爾看著鏡子中的自己，
沒想到自己真的能開心笑著，
這個真的是他嗎！

愛爾想試試眼鏡的魔法，
跟著布嵐三人到了市集，
市集上，每個人都在對
他微笑！

愛爾深深相信了微笑眼鏡的魔法，
在和市集上的好朋友轉圈圈時，
白兔莉莉騎著腳踏車跟愛爾打招呼！

哈囉，愛爾！

莉莉沒有注意到前方有石頭，
大力地撞了上去，草皮上的
大家都嚇到跳起來了！

愛爾見狀，二話不說上前
扶住了腳踏車。

莉ㄌ莉ㄌ不ㄅ停ㄊ地ㄉ對ㄉ愛ㄞ爾ㄦ道ㄉ謝ㄒ，
愛ㄞ爾ㄦ靦ㄇ腆ㄊ地ㄉ回ㄏ應ㄥ著ㄓ。

真ㄓ的ㄉ是ㄕ太ㄊ謝ㄒ謝ㄒ你ㄋ了ㄌ！

他們四人繼續走著，
意外看到小豬力朵在追公車，
錢包不小心掉在路上了！

愛爾拼了命追了上去，
跟著公車跑過了好多好多地方，
終於順利把錢包還給力朵。

物歸原主真是太好了！

力ㄌㄧ朵ㄉㄨㄛ緊ㄐㄧㄣ緊ㄐㄧㄣ地ㄉㄜ抱ㄅㄠ住ㄓㄨ愛ㄞ爾ㄦ跟ㄍㄣ他ㄊㄚ道ㄉㄠ謝ㄒㄧㄝ，
錢ㄑㄧㄢ包ㄅㄠ對ㄉㄨㄟ他ㄊㄚ來ㄌㄞ說ㄕㄨㄛ非ㄈㄟ常ㄔㄤ重ㄓㄨㄥ要ㄧㄠ，
還ㄏㄞ好ㄏㄠ有ㄧㄡ愛ㄞ爾ㄦ才ㄘㄞ沒ㄇㄟ有ㄧㄡ弄ㄋㄨㄥ丟ㄉㄧㄡ。

謝ㄒㄧㄝ謝ㄒㄧㄝ， 愛ㄞ爾ㄦ！

接著他們一行人
搭著公車到了蘑菇森林，
聽力朵說，
這裡面有非常好喝的蘑菇濃湯，
一定要去喝喝看！

一進到了森林，
濃湯的香味四溢，

大鼠哈哈的濃湯店
早已坐滿客人，
精靈們忙著上菜，
還有人在彈吉他

快ㄎㄨㄞˋ來ㄌㄞˊ看ㄎㄢˋ看ㄎㄢˋ其ㄑㄧˊ他ㄊㄚ人ㄖㄣˊ在ㄗㄞˋ做ㄗㄨㄛˋ什ㄕㄣˊ麼ㄇㄜ。

突然一陣大哭聲響遍整個蘑菇森林，
哭的人是小雞奧利，
他是跟著氣球飄到森林的，
他一直哭一直哭，他想找媽媽。

嗚嗚嗚，媽媽！

愛爾主動說要帶著奧利找到媽媽，
沿著奧利的線索， 到了小城鎮，

去了大草皮，

最後在眼鏡店的小鎮上，
找到奧利的媽媽了！
奧利媽媽也一直在找奧利。

為了答謝愛爾和布嵐他們，
奧利媽媽要煮一桌菜，
好好謝謝他們。
愛爾高興地蹦蹦跳跳。

真是太棒了！

在等奧利媽媽煮好菜之前，
他們四人陪著小雞說故事、
扮鬼臉、 玩劍玉，
一邊說說話聊聊天，
一邊等待著美味的晚餐。

奧利爸爸洗完澡出來走進客廳，沒有注意到地板上的快樂眼鏡一隻大腳丫重重地踩了下去，愛爾驚訝到說不出話。

眼鏡壞掉了！

愛爾拉了布嵐他們往外衝，
不知道衝了多久才停下來，
愛爾傷心地哭著，
他拜託布嵐幫幫忙
一定要把眼鏡修好，

「我不想再變得不快樂了！」

隔天早上，
愛爾順利拿到修復好的眼鏡，
鏡子裡的他笑得很燦爛，
他迫不及待的要到外面去，
測試看看眼鏡有沒有修好。

他們回到了大草皮，
昨天受過愛爾幫助的人
都在這裡，
他們開心地奔向愛爾，
都帶著禮物來道謝。

他們把愛爾團團包圍著，
這是愛爾從來沒有過的時刻。
感動的淚水不停在眼眶打轉，
愛爾絲毫沒有注意到眼鏡滑落。

奧利把滑落到地上的眼鏡撿起，
重新交到了愛爾的手上，
愛爾驚訝地接過眼鏡，
為什麼他沒有戴著快樂眼鏡，
大家卻還是對著他微笑呢？

布嵐對著愛爾說：

「根本沒有快樂眼鏡，
那不過就是副普通的眼鏡，
跟你原本一樣的眼鏡，
你會覺得快樂，
是因為當你幫助
別人時， 自己也
感受到快樂，
並不是眼鏡的
緣故。 」

愛爾這才恍然大悟，
他原來也能快樂。

快樂眼鏡的謎底被解開，
愛爾終於懂得快樂了。
最後大家都跟著奧利他們回家，
把昨天沒有吃完的那頓飯吃完，
奧利媽媽煮的飯真的很好吃！

鍾育婷

　　我，1998年生，我是中壢人，不想過著太平凡的日子，總想著要作夢，夢著夢著醒不來了，永遠都只想活在自己的小小世界中，但是也不想捨棄平凡生活的任何一點一滴，於是我帶著布嵐、白熊和阿鵝出社會闖蕩。

　　從沒想過能在這個年紀出書，也謝謝有這個機會，儘管一直以來都覺得自己的人生大致都是這樣叛逆，也沒想過夢要成真，想要的實在不多但是要感謝的很多，謝謝任何一個願意停下腳步觀看布嵐他們三個的你，每個故事的背後都是我觀察生活得來的感受，我常常看不慣很多事情，但是我也明白不得不低頭的道理，我要把我心裡最真實的感受帶給你們，就如同愛爾的故事。

　　很多人說事情一體兩面，這句話可能是非黑即白的意思，但是世間仍然有非常多的色彩，多數時間我會用理解的方式去認識世界，我的繪本也將會充斥這個氛圍，愛爾可能是你身邊的任何一個人，不會表達對這個社會來說太可憐了，所以愛爾要換個角度去看世界跟表達自己，布嵐就是可以給你勇氣的那道暖陽，太陽照耀著萬物不疲憊，因為那是他的本質，我想所有人的本質都是溫暖的陽光。

給父母、老師、孩子們
的腦力激盪時間

 回答問題

伸出援手 ★

我們要適時伸出援手來幫助有困難的人！看到別人有困難時，你是否會主動幫助他人呢？

神奇眼鏡店 ★★

布嵐的神奇眼鏡店有好多種眼鏡，你看到了哪幾副眼鏡呢？你最喜歡哪一副呢？

感恩

★★

在成長的過程中，我們受到了很多人的幫助，你最想感謝誰呢？

讀後感想

★★★

原本不擅長表達的愛爾，因為幫助別人，努力克服了自己的缺點，看完這本書，你有什麼感想呢？

尋找布嵐

森林裡有好多人在玩耍，一起來看看總共有幾個人吧？你找得到布嵐他們在哪裡嗎？

布嵐的神奇眼鏡店

書　　　名　布嵐的神奇眼鏡店
編　　　劇　鍾育婷
插　畫　家　鍾育婷
封 面 設 計　鍾育婷
出 版 發 行　唯心科技有限公司
　　　　　　地　　址：台北市松山區八德路三段247號五樓之一
　　　　　　電　　話：0225794501
　　　　　　傳　　真：0225794601
主　　　編　廖健宏
校 對 編 輯　簡榆蓁
策 劃 編 輯　廖健宏
出 版 日 期　2022/01/22
國 際 書 碼　978-986-06893-5-8
印 刷 裝 訂　博創股份有限公司
定　　　價　500元
版　　　次　初版一刷
書　　　號　S002A-DJYT01
音 訊 編 碼　0000000000030007

本書內文使用的ㄅ字嗨注音黑體
授權請見https://github.com/ButTaiwan/bpmfvs/blob/-
master/outputs/LICENSE-ZihiKaiStd.txt